LA RANA SALVA A SUS AMIGOS

Max Velthuijs

TIMUN MAS

Diseño de cubierta: Víctor Viano

Título original: *Frog is a Hero*
Traducción: Concha Cardeñoso
© 1995 Max Velthuijs
First published in Great Britain in 1995 by
Andersen Press Ltd., *London*
© Grupo Editorial Ceac, S.A., 1996
Para la presente versión y edición en lengua castellana
Timun Mas es marca registrada por Grupo Editorial Ceac, S.A.
ISBN: 84-480-0212-1
Depósito legal: B. 34.233-1996
Bigsa, Industria Gráfica
Impreso en España - *Printed in Spain*
Grupo Editorial Ceac, S.A. Perú, 164 - 08020 Barcelona

Unos nubarrones negros empezaron a cubrir el cielo
hasta que taparon el sol.

«Empieza a llover», se dijo la Rana muy contenta
al notar las primeras gotas sobre la piel.
A la Rana le encantaba la lluvia.

Se puso a bailar bajo las gruesas y rápidas gotas.
—¡Que llueva, que llueva! —cantaba a voces—.
¡Tengo los pantalones chorreando!

El cielo se ponía cada vez más negro y llovía a cántaros.
Era demasiada agua incluso para la Rana. Así que,
completamente empapada, echó a correr hacia su casa.

Al llegar, se preparó una deliciosa taza de té caliente.
La lluvia golpeaba la ventana pero dentro se estaba
calentito.

Al cabo de tres días de lluvia, la Rana empezó
a inquietarse por sus amigos. No sabía cómo estarían
el Pato, el Cerdo y la Liebre porque no los había visto
desde que empezó a llover.

El quinto día, el río creció tanto que inundó la casa
de la Rana. Al principio, lo encontró divertido, pero después
empezó a preocuparse.

Fue corriendo a casa del Pato, y también la encontró inundada.

—¿De dónde sale toda esta agua? —preguntó el Pato, desesperado.

—El río se ha desbordado —contestó la Rana—. ¡Vamos a casa del Cerdo!

La Rana y el Pato fueron caminando con dificultad a través de los campos anegados.

El Cerdo estaba asomado a la ventana del desván.
—Se me han mojado todos los muebles —se lamentó.

Y así era. Las mesas y las sillas flotaban por la habitación, todo estaba patas arriba. Pero no podían quedarse allí.
—¿Vamos a ver a la Liebre? —propuso la Rana.

La casa de la Liebre estaba en una isla en medio del agua.
La Liebre salió a la puerta a recibirlos.
—Entrad —les dijo—, mi casa está seca.

Dentro de la casa se estaba bien. Agradecidos, se secaron
al calor de la chimenea y contaron a la Liebre que sus casas
se habían inundado.

—Quedaos todos aquí —les dijo—. Tengo comida de sobra.

Y se sentaron a comer un cocido riquísimo que preparó la Liebre. Como tenían hambre, se lo comieron todo. Luego pasaron la tarde muy a gusto, mientras la lluvia seguía golpeando las ventanas.

Los invitados se quedaron en casa de la Liebre varios días y lo pasaron bien todos juntos; pero fuera, llovía y llovía sin parar.

De pronto, un día, vieron que sólo había un trozo de pan para comer.

—No queda más comida —dijo la Liebre muy seria.

—Moriremos si no nos ayuda alguien —se lamentó el Pato.

—Yo no me quiero morir —gritó la Rana.

Al día siguiente, sólo había unas migajas de pan.
Todos tenían mucha hambre pero nadie sabía qué
hacer. Y, aunque había dejado de llover, el nivel del agua
estaba muy alto todavía.

—¡Tengo una idea! —anunció la Rana de repente—.
Iré nadando hasta aquellos montes y pediré ayuda.
　　—La corriente es muy fuerte y el camino es largo
—dijo la Liebre, preocupada—. Me parece muy peligroso.
　　—¡Lo conseguiré! —insistió la Rana con entusiasmo—.
Soy la mejor nadadora de todos.
　　Los demás sabían que era cierto.

La Rana, muy valiente, entró en el agua. Sus amigos, nerviosos,
se quedaron mirándola hasta que desapareció.

El agua estaba helada pero a la Rana no le importó porque pensaba que sus amigos no tenían nada que comer.

Cuanto más nadaba la Rana, más fuerte era la corriente. Estaba tan cansada que apenas avanzaba y, entonces, el río la arrastró sin remedio.

«Soy una Rana pero no puedo nadar más», se dijo al darse cuenta de que se hundía. «Me voy a ahogar. Me voy a morir y no volveré a ver nunca a mis amigos.»

En ese preciso momento, una voz conocida la saludó.
—¡Hola! ¡Pero si eres tú!
Unos fuertes brazos la subieron a la barca. Era la Rata.

La Rana le contó lo que había pasado: las inundaciones
y el hambre y por qué había salido en busca de ayuda.

—No te preocupes —dijo la Rata—. Tengo la barca llena
de provisiones para mis viajes. Hay comida para todos.

Pusieron rumbo a casa de la Liebre, donde los tres amigos
esperaban que llegara ayuda.

El Cerdo, el Pato y la Liebre lanzaron vivas al ver volver
a la Rana en una barca, pero ¿quién la acompañaba?

¡Naturalmente, no podía ser nadie más que su amiga la Rata!
Casi no podían creer lo que veían.

Además, la Rata tenía muchos alimentos a bordo:
pan, miel, mermelada, mantequilla, verdura, patatas
y muchas cosas más.

—Rata, nos has salvado —dijo la Liebre.

—No —dijo la Rata—, dad las gracias a la Rana.
Ella arriesgó la vida lanzándose al agua hasta que
me encontró.

Todos miraron a la Rana, que se sentía muy orgullosa.
No fue *exactamente* así, pero...

A partir de entonces, las cosas mejoraron. Los amigos celebraron el rescate y la Rana fue la gran heroína.
El sol volvió a brillar y el nivel del agua empezó a bajar.

Al cabo de un par de días desapareció el agua, y la Rana,
el Pato y el Cerdo volvieron a sus casas.

Pero todo estaba sucio y lleno de barro.

—No os preocupéis —dijo la Rata y, con su ayuda, dejaron todas las cosas limpias y ordenadas como antes.

Aunque las cosas no volvieron a ser como antes porque ninguna olvidaría nunca la terrible inundación.